Verlassener Museumsplatz

Fantasy Kurzkrimi

für mich

Verlassener Museumsplatz

Fantasy Kurzkrimi

Topaz Hauyn

Der Motor des Elektroautos summte leise. Die Räder rollten über den Asphalt. Das Funkgerät rauschte auf Empfang. Auf dem Beifahrersitz leuchtete schwach das eInk Display der neuesten Smartphonegeneration.

Die Nacht war alt. Noch wenige Stunden bis zum Morgen. Bis zum Ende der Nachtschicht. Bis er in sein Bett fallen und träumen konnte.

Rudolf Merks betrachtete die Straße vor sich. Links kam das Museum für Geschichte und Archäologie. Einem alten Bau mit Säulengang zur Straße und Bäumen zwischen Säulen und Straße. Zurückgesetzt von der Straße, so wie man früher die Schlösser gebaut hatte, für die König, Herzöge und Fürsten. Jetzt wirkte es, selbst nachts fehl am Platz, zwischen all den Stahl-Glas-Bauten links, rechts und gegenüber.

Die Stadtreinigung war bereits durchgefahren.

Die Mülleimer, die sonst freitagnachts überquollen von leeren Flaschen, Fast Food Packungen und sonstigem Müll, waren leer. Genauso leer wie die Straße. Beides war untypisch. Normalerweise leerte die Stadtreinigung erst samstags in diesem Bezirk.

Rudolf fuhr an den Straßenrand und hielt den Streifenwagen an. Direkt vor dem Museum.

David Müller, sein Partner, schaute von seinem Smartphone auf. Schaute aus dem Fenster und überflog, genau wie Rudolf zuvor, den leeren Platz, die leere Straße und schaute dann im dunklen Auto zu ihm herüber.

»Ist was?«, fragte David.

Rudolf schüttelte den Kopf, ließ das Fenster herunter und atmete die eisige Nachtluft ein.

Eine kalte, ruhige Nacht.

Die Temperatur am Navigationsgerät zeigte ein Grad Celsius. Kalt, aber nicht übermäßig kalt. Kein Grund weshalb er die ganze Nachtschicht über noch keinen Partygänger gesehen hatte. Die waren auch bei minus zehn Grad noch unterwegs. Teilweise in abenteuerlich luftigen Kleidern.

Die Ziffernanzeige der Uhr auf dem Navigationsgerät zeigte vier Uhr fünfundzwanzig. Das Museum lag im Dunkeln. Davor leuchteten die Straßenlaternen.

Er gähnte.

Egal wo sie heute entlang gefahren waren, alles war ruhig. Kein Mensch weit und breit.

Genau das verursachte ein Jucken hinter seinem linken Ohr.

Rudolf traute dem Frieden nicht.

Es war Freitag Nacht. Morgen war Samstag. Wo waren die jungen Erwachsenen, die die Nacht in den Clubs durchfeierten? Wo waren die Betrunkenen, die nach Hause torkelten?

Auf der Partymeile war es genauso totenstill gewesen, wie hier vor dem Museum, einem beliebten Treffpunkt, wegen der breiten Stufen, auf denen es sich bequem sitzen ließ. Auch Obdachlose fand er regelmäßig auf den

Fliesen hinter den Steinsäulen. Es war trocken, ein bisschen windgeschützt und unter der Woche kam nachts niemand vorbei.

»Lass uns eine Runde zu Fuß drehen. Vielleicht haben sie sich im Garten hinter den Häusern versteckt«, sagte Rudolf nur, um etwas zu sagen. Die Leute, die er vermisste, versteckten sich kaum im Garten. Eher im Keller, um dort zu feiern.

Trotzdem. Es juckte hinter seinem Ohr und für David musste er keine weitere Begründung erfinden.

David zuckte die Schultern, klickte den Sicherheitsgurt los und stieg aus. Er ließ die Autotüre leise ins Schloss fallen.

»Kalt.« David hauchte in seine Hände. Weißer Nebel stieg auf, als sein warmer Atem sofort gefror.

Rudolf spürte die Kälte kaum. Er stieg aus, schloss das Auto ab und kam auf den Gehweg zu David. Hinter seinem Ohr juckte es stärker. Sein Gefühl sagte ihm, dass er der Ursache für die Stille auf der Spur war. Aber es sagte ihm nicht, worin sie bestand, und ob Gefahr drohte. Jedenfalls, die Richtung stimmte. Genau wie zu Schulzeiten. Jedes Jahr hatten sie einen Ausflug in das archäologische Museum gemacht. Jedes Jahr hatte es hinter seinem Ohr gejuckt, erinnerte er sich. Nach der Schule war er nicht mehr hingegangen. Nicht mehr seit er wusste, das das Jucken nicht an dem Museum lag, sondern an einer Straftat, die in seiner Nähe begangen wurde.

Was wurde in dem Haus seit so vielen Jahren verbrochen? Immer noch das Gleiche wie damals, oder jedes Jahr etwas anderes?

Rudolf blinzelte die Erinnerung weg. Heute Nacht würde er es herausfinden.

Seine Hand glitt an seinen Gürtel. Der Schlagstock war da. Das Funkgerät und die Handschellen. Genauso das Pfefferspray und seine Dienstwaffe. Nur für alle Fälle. Die Stabstaschenlampe zog er aus dem Gürtel und hielt sie in der Hand.

David betrachtete ihn aus hochgezogenen Augenbrauen. Schwieg aber ansonsten.

Das war eine Eigenschaft, die Rudolf an seinem Partner mochte. Er fragte nicht viel und diskutierte nicht. Meistens fanden sie bei seinen spontanen Ausflügen irgendeinen Straftäter. Noch öfter auf frischer Tat. David nahm das hin, ohne je zu fragen, warum Rudolf sie so zielsicher auf den richtigen Weg führen konnte.

Rudolf hätte es selbst nicht erklären können.

Während seiner Ausbildung hatte ihm ein Kommissar einmal einen Stapel Akten hingehalten, war mit dem Daumen darüber gefahren und hatte eine herausgezogen. Für Rudolf sah das willkürlich aus. Der Kommissar hatte gelacht und gesagt: »Wenn dein Daumen spürt, welche Akte heiß ist, dann hast du die Grundlagen unserer Arbeit gelernt. Vorher bist du immer ein Anfänger, egal in welchem Dienstgrad du stehst. Hier.« Er hatte die Akte bekommen und wirklich war etwas daran faul gewesen. Mit dem Daumen spürte er bis heute keine heißen Akten, aber auf Streife juckte es hinter seinen Ohren. Vielleicht war er nicht für den Schreibtisch geeignet und besser auf der Straße aufgehoben.

Er schaute sich um.

In welche Richtung sollte er gehen? Direkt ins Museum, oder war es ein Nachbargebäude? Eine Seitenstraße?

Rudolf drehte sich um seine eigene Achse. Das Polizeiauto stand ausgeschaltet am Straßenrand. Die Glasfassaden des Hochhauses gegenüber waren dunkel. Die Büromenschen alle Zuhause. Auch der Imbiss im Erdgeschoss war dunkel. Dort hatte er sich schon manches Mal Mittagessen geholt, wenn er tagsüber Streife gefahren war. Pommes und Falafel. Eine mehr oder minder gesunde Kombination, würde seine Ex sagen. Aber dafür war sie seine Ex. Sie sagte nichts mehr über seinen Speiseplan. Dort hatte es nie gejuckt.

Beide Richtungen der Straße waren unverdächtig und leer.

Schließlich schaute er zwischen den steinernen Säulen hindurch, die nur als schwarze Schemen im Licht der Straßenlaternen erkennbar waren und im Himmel scheinbar verschwanden, direkt auf die Eingangstüre des Museums. Die Glastüre stand offen. Sie schwang leicht hin und her und warf eine unregelmäßige Reflektion des weißen Laternenlichtes in alle Richtungen. Wie die Discokugeln auf der Partymeile, deren Krach er heute Nacht vermisst hatte.

Rudolf lauschte.

Nichts zu hören.

Nichts zu sehen.

Nichts zu riechen.

Nur eine ganz leichte Luftbewegung, die kalt über seine Handrücken strich. Weil David neben ihm auf und abging, um sich warmzuhalten.

Rudolf marschierte auf die offene Tür zu. Seine Taschenlampe schaltete er ein, um mehr zu sehen.

David schritt hinter ihm her.

Ihre Schritte waren auf den Steinfliesen gut zu hören.

Es bewegte sich weiter nichts. Niemand rannte. Niemand brüllte. Nichts explodierte.

Er stieg die Treppen hinauf.

Er leuchtete an den dunklen Säulen mit seiner Stabstaschenlampe vorbei. Das weiße Licht brach sich in den Wellen der Steinsäule, fuhren über den Boden und die Wand. Alles leer. Genauso in der anderen Richtung.

Rudolf ging weiter.

An der Türe blieb er stehen.

Es roch leicht vermodert. So als hätte irgendein Kleidungsstück zu lange im Wasser gelegen. Er rümpfte die Nase und schnupperte. Nein, nur feuchte Kleidung. Mehr fiel ihm nicht auf.

»Was meinst du?«, fragte Rudolf und drehte sich zu David um.

Irgendwo schlug etwas zu. Es klang wie eine Türe und es kam aus dem Museum.

Rudolf drehte sich zurück und sah in das dunkle Gebäude hinein.

Hinten links leuchtete ein gelbes Licht auf.

»Endlich. Ich dachte schon, Sie kämen gar nicht mehr«, rief eine alte Männerstimme.

Schritte hallten in dem großen Vorraum wieder und zu Rudolf und David heraus.

»Was glauben Sie wie lange ich den Dieb im Museum einsperren kann? Stunden? Wo ist der Rest?«, fragte der Mann, der inzwischen an der Tür angekommen war und an ihnen vorbei spähte.

»David, ruf Verstärkung. Herr«, sagte Rudolf, stoppte und sah den Mann vor sich an.

»Dr. Rainer Felswart, Leiter des archäologischen Museums«, sagte der Mann, richtete sich auf und strich sein helles Hemd glatt. »In den Saal mit den versteinerten Dracheneiern, Verzeihung, Kuriositätensammlungen, ist eingebrochen worden. Der Dieb ist darin eingesperrt«, fügte er hinzu.

Rudolf lauschte kurz, bis er das Funkgerät von David knacken und ihn sprechen hörte. Dann wandte er sich an Dr. Felswart.

»Wo ist der Saal? Gibt es weitere Wege hinaus?«, fragte Rudolf.

»Innen, kommen Sie.«

Der Leiter drehte sich um und eilte durch die Eingangshalle zurück zu dem gelben Licht an der Seite, von der er gekommen war.

Rudolf folgte. Hinter sich hörte er das leise Rauschen des Funkgerätes. David war hinter ihm.

»Das Kuriositätenkabinett hat nur eine Türe und keine Fenster. Für Besucher ist es nicht zugänglich, da darin wertvolle Exponate ausgestellt werden«, sagte Dr. Felswart.

»Dracheneier?«, fragte Rudolf.

»Versteinerte Eier, vermutlich von Dinosauriern. Die Presse nennt sie Dracheneier, seit sie eine Assistentin behauptet hat, sie würden sich bewegen. Natürlich haben wir sie umgehend entlassen. Wir sind ein ehrbares Museum, dass anständige Archäologen beschäftigt. Keine Gerüchteküche für fantastische Märchen.«

Rudolf fragte nicht weiter nach. Ihn interessierte weniger, ob das Drachenei sich bewegt hatte, oder ein Steinklotz war. Seine Aufgabe war es Diebe daran zu hindern fremdes Eigentum in ihren Besitz zu bringen. Über das Eigentum selbst musste er sich keine Gedanken machen.

Es krachte.

Steinstücke flogen ihnen entgegen.

Rudolf zog Dr. Felswart zur Seite auf den Boden an der Wand.

»Lassen Sie mich los!«, schrie Dr. Felswart.

Er trat um sich.

»Die Eier. Ich muss die Eier beschützen.«

Dr. Felswart drehte sich aus Rudolfs Griff, rappelte sich auf und rannte direkt in die Steinwolke hinein.

Das Licht der Taschenlampe wurde vom Staub reflektiert. Der Schatten von Dr. Felswart verschwand schnell darin. Die Steinsplitter klapperten zu Boden.

Rudolf stand auf.

»Du bleibst hier und weist die anderen ein. Ich gehe rein«, sagte Rudolf.

Er konnte den Direktor kaum sich selbst überlassen. Er musste ihn wieder herausholen, bevor es noch eine Explosion gab.

Durch eine graue Staubwolke, mit Sicht unter einem Meter und auf fremdem Gebiet, tastete Rudolf sich vor. Er konnte Dr. Felswart nicht sich selbst überlassen, aber er würde auch nicht seine Gesundheit für einen Verrückten riskieren.

Der Fußboden wechselte von gefliest zu blankem Beton. Das musste dann das innere Zimmer sein.

Rudolf leuchtete zu den Seiten und nach oben. Das musste die Türe sein. Der einzige Zugang. Wenn er die Türe schloss, würde der Dieb, wenn er noch nicht hinausgerannt war, eingesperrt sein.

Ah. Da.

Eine braune Holztüre hing in den Angeln. Irgendwie schräg.

Rudolf schob sie trotzdem zu. Sie schrammte kratzend über den Betonboden. Der Schlüssel fehlte. Egal. Er würde es hören, wenn jemand die Tür wieder öffnete.

Der Staub hier drin war heller. Irgendwo war ein Licht eingeschaltet.

Dann hörte er Dr. Felswart jammern.

»Das Ei! Es ist weg!«

Rudolf verdrehte die Augen. Wie konnten Menschen nur immer so sehr an ihren Gegenständen hängen? Sie sollten froh sein, dass sie lebten, oder in diesem Fall, dass von den vielen wertvollen Stücken, über die seine Lehrer all die Jahre geschwärmt hatten, nur ein Steinklotz gestohlen wurde.

Trotzdem. Er würde den Dieb finden und den Stein zurückbringen. Gemeinsam mit seinen Kollegen.

Rudolf blieb bei der Tür stehen. Er hatte das Gefühl, dass das Licht schnell heller und der Staub weniger wurde. Außerdem hatte Dr. Felswart gesagt, das wäre die einzige Türe. Hier konnte er den Dieb eher fassen, als hinter Dr. Felswart herzustolpern. Den Tatort konnte er später, mit Verstärkung untersuchen.

Er wartete, bis es hinter ihm klopft.

»Rudolf? David hier mit Verstärkung.«

Wunderbar.

Rudolf zog die Tür auf. Sie schabte über den Boden.

»Der Staub legt sich minütlich mehr. Einer bleibt bei der Tür. Sie ist der einzige Ein- und Ausgang«, sagte Rudolf.

»Ok«, sagte David und winkte hinter sich. Mehrere Männer in Uniform liefen an Rudolf vorbei und an den Seiten des Raumes entlang. Nur weil jemand sagte, ein Raum hatte nur eine Tür hielt sie das nicht davon ab, das nachzuprüfen. Außerdem war eine Wand immer eine Richtung, aus der kein Angreifer kam. Dahinter glitt eine Frau mit bunten Röcken herein und geradeaus in den Raum.

»Halt«, sagte Rudolf und wollte sie festhalten. Aber sie war schon vorbei. Er lief hinterher.

»Das Drachenei ist weg«, jammerte Dr. Felswart, »spurlos verschwunden, wie soll ich das jemals erklären.«

Rudolf verdrehte die Augen.

Er stand vor einem Betonsockel. Darauf lag ein zerfetztes rotes Kissen. Glasscherben umrahmten die quadratische Grundform. Vermutlich die Reste einer Vitrine. Neben ihm stand Dr. Felswart und jammerte. Noch einen Schritt weiter wartete die Frau mit den bunten Röcken und gesenktem Kopf. Helles Licht von der Decke leuchtete den Raum aus. Der Staub war gänzlich verschwunden.

Rudolf sah sich um.

Wenn man die kleinen, länglichen Abdrücke aus dunkelgrauem Matsch um die Vitrine herum nicht zählte. Oder die Glassplitter, die links und rechts von den dunkelgrauen Abdrücken weggeflogen zur Seite auf dem Betonboden lagen. Oder die Fetzen des roten Stoffkissens, die, zu Fäden auseinander geribbelt über den Boden kringelten und die länglichen Abdrücke wie einen roten Ehrengang säumten.

Wenn man all das ausblendete. Als unwichtig abtat. Gar der Putzfrau mangelnde Sorgfältigkeit unterstellte. Dann.

Ja dann, war das Drachenei spurlos verschwunden, wie Dr. Felswart jammerte. Wie konnte der Mann diese Spuren nicht sehen? Das war doch eine Landkarte, die auf den Boden gelegt war.

Rudolf ging in die Knie und betrachtete einen gekringelten, roten Faden. Der könnte zu dem zerstörten Kissen auf dem Sockel gehören und die Glasscherben zur

Vitrine. Die Matschspuren mussten zum Dieb gehören. Obwohl es eisig war, war es trocken. Es konnte nicht so viele Matschspuren geben, denen sie folgen mussten. Was ihn mehr wunderte, war die längliche, schmale Form. Das waren keine Fußabdrücke. Außer, der Dieb ging auf Holzplättchen. Das musste sehr unangenehm sein.

Dr. Felswarts Gebrüll unterbrach seine Gedanken.

»Sie putzen auf der Stelle diese Sauerei auf!«, brüllte der grauhaarige Leiter des Museums. Sonst ein kleiner, faltiger Mann, verliehen ihm seine ausgebreiteten Arme und die aggressive Haltung jetzt die Statur eines Gorillas. Eines wütenden Gorillas.

Die Frau in den bunten Röcken, wohl die Putzfrau, da sie die einzige andere, zivile Person im Raum war, kauerte fast auf dem Boden, so sehr duckte sie sich unter dem Gebrüll. Noch ein bisschen mehr und sie würde nur noch ein Häuflein übergroßer Röcke auf dem Boden sein.

»Ich will keinen einzigen Matschfleck mehr in meinem Museum sehen!«

Die zusammengesunkene Gestalt reagierte nicht. Aber Dr. Felswart ließ von ihr ab und jammerte wieder über den Verlust des Dracheneis.

Ein seltsamer und instabiler Charakter.

»Gehen wir in den Überwachungsraum und sehen uns die Kameraaufnahmen an. Sicher haben sie den Diebstahl gefilmt. Dann können wir den Täter überführen.«

Der Direktor schlurfte davon. Seine Schultern sanken nach vorne und er war wieder das kleine, faltige Männchen, dass Rudolf Merks kennengelernt hatte.

Rudolf nickte David zu, dem Direktor zu folgen. Der Kollege würde sich um die Kameraaufnahmen kümmern. Er wandte sich der Putzfrau zu. Seltsam, dass diese gemeinsam mit der Verstärkung gekommen war. Mitten in der Nacht wurde doch nicht geputzt.

»Bitte warten Sie noch mit dem Putzen, bis wir die Spuren gesichert haben«, sagte Rudolf zu dem Häuflein Röcken, dass am Boden kauerte. »Wie war nochmal ihr Name?«, fragte er weiter und zog Stift und Papier aus der Jackentasche seiner Uniform.

Ein Diebstahl aus dem Museum. Ein historisches Drachenei. Ein versteinertes dazu. Das war eine Abwechslung zu den nächtlichen Streifen. Wenigstens juckte sein Ohr jetzt nicht mehr.

Die Frau nuschelte etwas.

»Wie bitte?«

Sie nuschelte etwas anderes.

Rudolf beugte sich ganz tief hinunter, um sie besser zu verstehen.

»Flieg!«, brüllte die Frau.

Etwas Rotes wirbelte um Rudolfs Kopf. Die Röcke der Frau waren überall und wirbelten Staub aus Ecken, den er noch nicht wahrgenommen hatte. Rot und Grau und windig.

Er sah nichts mehr.

Dafür roch es nach feuchtem Stoff, vergammelten Eierschalen und etwas brenzligem, dass er nicht benennen konnte. Hoffentlich fing das Museum kein Feuer. Die Feuerwehr würde alle Spuren, die es vielleicht gab, vernichten, während sie das Feuer löschte.

Eine Stoffbahn knallte gegen seine Wange. Heiß brannte sie. Wie von einer Ohrfeige. Rudolf hob seine Arme hoch, um sein Gesicht vor weiteren Treffern zu schützen. Immer wieder blinzelte er, um etwas zu erkennen in dem rot-grauen Farbwirbel aus Stoff.

Vergeblich.

Dafür hörte er ein schrilles, hohes Piepsen. So als wäre ein Vogel frisch geschlüpft und rief nach seiner Mutter. Einen Laut, den er bei seinen Eltern im Garten oft gehört hatte. Auf dem alten Kirschbaum nisteten jedes Jahr Rotkehlchen und im Vogelhaus Meisen. Aber ganz so wie dieses hohe Piepsen klang dieser Vogel nicht. Er war lauter. Eher wie ein ganzes Vogelnest. Ein synchron piepsendes Vogelnest.

Er schüttelte den Kopf und grinste, trotz des Chaos in dem er sich befand.

Ein Nest voller Jungvögel piepste nicht synchron.

Dann fiel der Wirbel in sich zusammen.

Rudolf blinzelte zwischen seinen Armen durch. Statt auf die blanken Betonwände des Museumsraumes schaute er auf sonnenbeleuchtete Baumstämme. Baumstämme, die dicker waren als er selbst und seltsam geschuppt. Etwas, dass er noch nicht gesehen hatte. Es duftete süß, ohne dass er den Geruch zuordnen konnte.

Vor ihm stand die Putzfrau. Zumindest vermutete er, dass die zierliche Frau in den knappen Kleidern die Putzfrau war. Die Körpergröße stimmte. Alles andere war anders.

Das war aber nicht das Ende des seltsamen Anblicks.

Von ihrem Kopf standen lange Haare nach hinten ab, wie die Auswüchse an einem Drachenkopf.

»Du kannst hierbleiben und mir helfen zu entkommen«, sagte die Frau. Ihre Stimme klang zart und weich. »Oder ich schicke dich zurück und du vergisst alles.«

Rudolf schaute sie einen Moment an. Sie blinzelte. Ihre Pupillen wurden zu schlitzen und aus ihrem Rücken wuchsen Flügel. Große, ledrige Flügel, die aussahen, als würden sie tatsächlich zum Fliegen geeignet sein.

»Was ist hier zu helfen?«, fragte Rudolf.

Die Frau verwandelte sich vor seinen Augen, hatte ihn hier hergebracht und fragte nach Hilfe? Das klang um einiges aufregender, als die Streife von heute Nacht, oder das Fangen von Dieben und Drogendealern.

»Mein Schatz wurde gestohlen und in alle Zeiten verteilt. Er muss wiedergefunden werden«, sagte die Frau, deren Körper sich zusehends streckte und mehr und mehr wie ein geflügelter Wurm aussah. »Die Zeit zum Nachdenken ist abgelaufen.«

Rudolf rieb sich die Augen und stieß sich mit seiner Stabstaschenlampe am Kopf. Die hielt er immer noch fest und hatte sie ganz vergessen.

Abenteuer oder Routine? Seine Ex würde ihn nicht vermissen. David vielleicht. Aber das hier klang eindeutig nach mehr Spaß und einer größeren Aufgabe. Einen Besitz finden, der über die Zeiten verstreut war. Was für eine fantastische Geschichte. Hoffentlich träumte er nicht und wachte dann im botanischen Garten in einer Abteilung auf, die er noch nicht kannte. Der Baum jedenfalls blieb ihm unbekannt und das Sonnenlicht hatte einen seltsam hellgelben Ton, den er auch im Sommer noch nicht gesehen hatte.

»Ich helfe dir«, sagte Rudolf kurz entschlossen.

Darum war er ursprünglich Polizist geworden.

Um zu helfen.

Denen, die sich nicht selbst helfen konnten. Wobei die Frau, oder besser die Drachin, die sich jetzt vor ihm in den Himmel räkelte, aussah, als könnte sie sich gut selbst helfen. Andererseits, in der Drachengestalt hatte sie keine Hände und Füße. Vielleicht war sie doch auf Hilfe angewiesen.

»Sehr gut«, sagte die Drachin.

»Morgen zeige ich dir die erste Spur. Bis dahin kannst du dich im Haus hinter dir ausruhen.«

Rudolf drehte sich um. Hinter ihm stand kein Haus, sondern ein Palast, der in einen Felsen gehauen war. Sonnenstrahlen leuchteten auf metallischen Abdeckungen. Er würde ein Bett finden und morgen mehr lernen. Sein Herz klopfte aufgeregte und lächelnd marschierte er zur Eingangstüre, die offen stand. Die Spannung war zurück in seinem Leben.

ENDE

Leseprobe:
Soldat auf Brautschau

Die Rechnung des Schusters, geschrieben mit spitzer
Feder, schwarzer Tinte und viel Schwung auf weißem
Papier, lang aufgerollt auf dem Schreibtisch des Königs.
Die Summe am unteren Ende der Rechnung war atem-
beraubend hoch. Sogar für einen König. Zwölf Töchter,

Fluch und Segen seines Lebens, zertanzten jede Nacht
ein Paar teurer Ballschuhe.

Jede Nacht.

Seit drei Monaten.

Ohne, dass irgendjemand wusste wie und wo sie, dass
zustande brachten.

Schließlich hatte er keinen Ball ausgerichtete.

Trotzdem waren an jedem Morgen die Schuhe durch-
tanzt, und seine Töchter standen erst zur Mittagszeit
auf. Keiner seiner Diener, ja nicht einmal der Hausleh-
rer, hatten dem König eine sinnvolle Erklärung für die
durchgelaufenen, durchtanzten Schuhe geben können.

Eduard stand als Wache an der Tür des Thronsaals, als
der König mit seinem purpurnen Mantel vom Schreibtisch am hohen Erkerfenster aufstand und im Raum auf
und ab ging.

Er hielt seine Hellebarde fester und reckte seinen
Rücken noch aufrechter. Es gab keinen Grund den
König mit einer schlampigen Haltung zu verärgern. Be-
sonders, weil der Schuster sein Bruder war und auf sein
Geld wartete, um neues Material kaufen zu können und
für seine Kinder Essen auf den Tisch zu stellen. Dabei
war Eduard selbst so müde, dass er hätte einschlafen
können. Seit Monaten half er jeden Nachmittag seinem Bruder dabei ein neues Dutzend Schuhe zu nähen.
Die Prinzessinnen bestanden darauf, dass sein Bruder die besten Schuhe fertigte. Er hatte nicht einmal
Zeit, sich Lehrlinge auszubilden, oder einen Gesellen
einzuweisen und anzustellen.

So. wie der König mit vielen Töchtern gesegnet war, so

hatte er selbst viele Brüder und Schwestern. Sie waren ebenfalls zu zwölft. Die Hälfte von Ihnen saß nachmittags in der Schusterwerkstatt. Aber dort hörte die Gemeinsamkeit mit dem König auch auf, denn er wohnte, noch immer, bei seinen Eltern in den niedrigen Zimmern unter dem Dach eines reichen Mannes, der Wohnungen für Arbeiter direkt unter den Dachbalken vermietete. Immerhin hatte sein ältester Bruder geheiratet und den Beruf des Vaters übernommen. Er selbst war Soldat geworden, genau wie zwei weitere Brüder.

Eduard lauschte dem Schlag der Kirchturmuhr von der Stadt her. Noch zwei Stunden, dann war seine Wache für heute beendet. Er spürte seine Fingerspitzen. In drei Monaten hatte er immer noch nicht gelernt einen Fingerhut richtig zu benutzen. Seine Finger waren zerstochen von der spitzen Nadel, mit dem Oberfutter an der Sohle festgenäht wurde.

Hätte er vielleicht lieber Schuster werden sollen?

Ende der Leseprobe aus »Soldat auf Brautschau«

Weitere Bücher

Ein junges Einhorn auf der Schwelle zum Erwachsen werden.

Das schwarze Einhorn bringt Unglück. Kein Mensch wünscht es sich als Partnerin für ein Abenteuer.

Die Herbstwinde blasen über die Einhornwiese. Zerzausen die Mähne und streicheln das Fell. Bis ein lauter Knall die üblichen Geräusche durchbricht.

Neugierig galoppiert das schwarze Einhorn los. Ein Abenteuer auf der Einhornwiese? Das muss es sich ansehen!

Eine fantastische Kurzgeschichte.

Fantasy

Raffaels Mangasammlung
Der Schneesturm
Schwebendes Fundament
Magisches Parket
Ein Tropfen Leben
Erika trifft Pegasus
Wider dem Traum
Lazars Vergeltung
Der, die, das Monster
Drachenverträge
Verpasst
Hexe im Wolfsfell
Die Sandriesen der Traumsandwerke
Erwartete Verkaufszahlen
Sandige Versuchung (An den Ufern des Luzik)
Die neue Wunschauswerterin
Kontrabass und Killerwal

Brennnesselfluch Serie
- Entführt (#1)
- Enterbt und Verflucht (#2)
- Geburtstagsgeschenk (#3)
- Schülerin falsch (#4)
- Brennnesselfluch (#5 Roman)
Die Spindel über der Erde
Spindel der Vergangenheit
Erbe: Haus, Schmuck, und Gespenst
Silber und Aluminium
Eine Kugel aus Schaum (Bubble Worlds)
Schneeflocke in Rot, Grün, Lila
Einhorn auf Abenteuersuche
Reinhold und das Holzpferd (Vampir Reinhold)
Soldat auf Brautschau
Warndreieck zu Halloween
Verlassener Museumsplatz

Romance

F/F, Lesbische Romantik
Rotes Marzipan
Verliebt im Freibad
Erster Kuss im Wald
Flirt auf rotem Briefpapier
Romantik am Morgen
Testperson gesucht: Portal der Verführung
Unterricht in der Liebe
Eine neue Gelegenheit (Collection)
Das Sternpaar der Liebe

M/M, Gay Romantik
Liebe trotz verbranntem Essen
Phillip, küss mich
Gesucht: Die Lust zu Verführen
Kunstsprung der Liebe
Unter der Freibaddusche
Verliebt in den Koch
Eine Schneeflocke zum Verlieben
Liebe zum Genießen (Collection)
Prioritäten der Liebe (Roman)